U0164636

寫在開首

" 山城，藍天白雲，椰林樹影，水清沙幼，
香港中文大學出版社正是座落於香港的世外桃源。"

 同事：而家啲後生share唔到你嘅童年回憶㗎啦

雖然在馬料水的山城完全沒有馬爾代夫的影子（還是想用這個
充滿年代感的gag），不過這裏環境清幽，間中聽到鳥兒歌
唱，又有下雨的聲音伴你OT，如此浪漫的工作環境，似乎特
別與書卷氣滿滿的出版社相襯。

未知是否這種文藝氣息還有一定的魅力，縱使出版業一般被標籤為「薪水低」、「工時長」、「夕陽行業」，可是本社每次招聘都依然收到大量的應徵信（聽說有職位曾收到四百多封應徵信！怎麼可能！）。大部分來面試的朋友都會雙眼發光地說自己有多喜歡看書（是感動的），有多希望在出版社工作。似乎大家都有「在出版社工作就是office hour可以看書」的錯覺……

請不要上當！

單憑片面之詞，怎能了解出版社的真貌？各位渴望入行的你、想八卦「浪漫文青」如何工作的你、無心拾到此書的你，若讀到這裏還未想放下，請繼續讀下去，此小書將有來自本社不同部門徘徊於理想和現實、來回天堂與地獄的種種心聲（還有苦水及勸誡）。獨家分享這些第一身（上當）經驗，還是希望大家可放下舊印象，重新認識出版社是什麼回事！

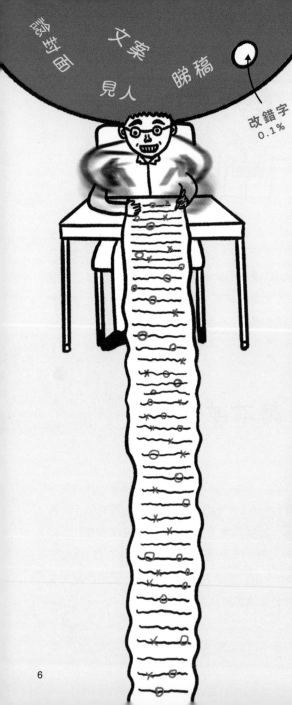

改錯字
0.1%

編輯部只是改錯字嗎？

年輕人，你可以放棄這個夢想了。

改錯字、改標點，沒錯是編輯的工作，但這個任務只是基本中的基本！編輯不是出版機器的一個齒輪！他們管細節之外，同樣掌握大局。

在做書的世界，所有你想到（及想不到）的環節都與編輯相關：

（盡量不動氣地）遊説作者修改書寫方法或用字

找人寫推薦語

尋找未交稿（但人間蒸發）的譯者

與業務部同事商討宣傳點子

決定封面要否壓印燙金

etc.

Email

事實是，製作一本書有多少細節，編輯就有多少工作。

編輯當然希望可以安分守己做個書呆子，現實卻是在辦公室頻頻撲撲，處理各種出版問題。每天周旋在作者、設計師、譯者和同事之間，來來回回的溝通過程幾乎佔了一半以上的工作時間。

（看稿還是留待下班以後吧……）

設計師

譯者 字典

同事

作者

編輯

以為編輯就是悠哉悠哉地收錢看書，實在對我們的工作有太多想像……

編輯不是各方的傳聲筒,而是需要消化每個訊息後作出更好的決定,再以超凡的社交技巧傳達。

#社交大考驗

不是一句作者不喜歡便要求其他單位更改,而是要禮貌地向人解釋改善後的好處。當然有妥協的時候,但在過程中也需要恰當地表現堅持。編輯同事Brian憶述某次為了一個封面過膠的問題,花上半天寫了一篇如論文長短的電郵給作者。他用心校對電郵多次,確保每個論點都是清晰及合乎邏輯,目的為了使那位作者理解他們的決定。

雖然很花時間,但為了出版令大家均滿意的書,OT這回事,沒有什麼大不了~

编辑的腦袋有多忙？

書有咩價值 書有咩價值 書有咩價值 書有咩價值

有人睇嗎？ 有人睇嗎？ 有人睇嗎？ 有人睇嗎？

書有咩價值 書有咩價值 書有咩價值 書有咩價值

睇嗎？ 有人睇嗎？ 有人睇嗎？ 有人睇嗎？

文案要點寫好？

我哋想讀者睇咩？

呢本書有咩出版價值？

有人想睇嗎？

有人會買嗎？

讀者又想睇咩？

~陰魂不散的問題~

一本書的 tone and manner，是由編輯一手建立的。

曾在媒體任職的編輯同事 Rachel 認為編輯有點像策展人
——構思展覽主題和風格、展品擺放的次
序、觀賞的路線、燈光等等——兩者
談的都是**說故事**的功力。有人或會
說，「好嘢」自然有人欣賞，不用多加
包裝及設計。可是，不要說出版業，放
眼社會不同崗位，往往「劣幣驅逐良幣」
才是常態，「有麝自然香」只是初出茅廬才
有的想法吧⋯⋯

因此，編輯更需要秉承 judge a book by its "cover" 的
原則，在封面、引子、文案、內容結構重組等等費盡心
思，提升內容的價值，才能讓讀者在花花世界中發現那些
良幣。

我們可以近視（一般都是），

但不能短視。

編輯與作者的關係從來不局限於一本書上，因此眼光不能只停留於手上的書稿，而是要想得更遠，看得更多。

作為緊密合作的夥伴，編輯要跟作者常聊天；噓寒問暖之外，更要天南地北無所不談，從中認識作者的生活、了解他們最近在寫什麼新故事、有什麼嗜好或研究、掌握他們的長處，才可以協助他們發掘新題材和構思下一本書。

#再次社交大考驗

" 要記住，靈感往往在無心插柳之時湧現。 "

編輯 Brian 又有另一個小故事，他提到某個之前合作愉快的作者打算出新書，可惜題材上與我們的學術出版風格不太相配，因此他推薦了另一間出版社給那位作者，最後這本書成功出版並大賣。雖然錯過再合作的機會，但 Brian 仍然覺得很欣慰，一來可以替作者找到一個好「歸宿」，二來是得到作者的信任，證明他專業的編輯眼光已被認可。✔

如此真誠又可靠的編輯真的只此一家，那位作者未來一定會再找我們出書的！！

同事

每一本書都是下一本的踏腳石，

編輯就是那個不斷揀石仔，

爲明日之星鋪路的人。

#真人真事

從前……有個編輯去酒樓飲茶，坐低睇點心紙時，揀點心變成校對點心紙，最後仲意外發現三個版本嘅點心紙……

#校對定食飯緊要啲

致讀者之一：

發編輯夢前有放棄當普通讀者的**覺悟**嗎？

16

對於渴求知識的人，每次收到新書稿都是一場滿足的冒險。你會學習不少從未接觸過的東西，有很多「恍然大悟」的時刻。在大學年代沒有機會或動力學習的，現在都可以補回。

編輯Wini特別幸運，當時的公司給予編輯很大自由度，她可以自行選材，當中曾負責一本關於日本文豪散步的隨筆，她更去了一趟東京，沿着散步路線做查證工作（令人羨慕……）。

—幻想分隔線—

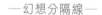

現實是，並非每份書稿碰巧都是自己的興趣（悄悄話：也不是每個作者都是文筆流暢），被死線推着走時，同時閱讀多份書稿，並要不斷挑剔，這種閱讀體驗毫不輕鬆。

有人以為編輯像食評家，豈料入行後才知道同時要做廚師！

編輯Johnny

想當編輯的人，要有心理準備，以後未必可以單純用讀者的眼光看書。

看我們的編輯，踏入書店時便情不自禁地尋找敝社的書放在哪裏（像擔心小朋友派位的苦心父母），然後又拍下照片傳到群組上討論一番。終於拿起別家出版社的書了，又立刻翻到版權頁，查看出版背後千絲萬縷的關係，然後看看小題和結構，鑑賞作者文筆背後的編輯巧思（當然也趁機找錯別字），暗裏羨慕這些編輯的才華，並虛心自責平日做得不夠好⋯⋯

> **換言之，任何看書的時刻都是在上班。**
> （聲明：沒有任何高層逼迫他們到書店巡視業務的）

致讀者之二：

書無人看，
不代表要放棄出版。

其實這個世界有多少人會看書，編輯心裏有數。自己覺得很有意思的內容，卻無人問津，編輯怎會不沮喪？

「呢段歷史關我咩事？」

「嘩本書咁厚邊個睇？」

我們的書大部分都是學者的作品，插圖少字數多（親眼看過一個footnote佔了幾頁……），議題嚴肅，難以引起即時的迴響；有些經典翻譯更厚得如一本字典，也難以想像有讀者會帶在車上閱讀。

冷水潑在身上，編輯都感受到。

Brian又再講故事:「例如岸邊有許多海星,有些人只盯着,絕望地認為牠們就這樣死去。但我覺得要送牠們回水中,執得一隻得一隻,編輯的工作就是繼續努力,協助更多海星回到海裏。」只有繼續出版,才能帶領更多人走進書海呢~

受到打擊
但不會放棄的編輯

唔出版,以後就冇人會知㗎

雖然未必在有生之年看到那些文字如何改變世界,卻只能在可行的空間內,硬着頭皮繼續做,繼續做…

各位同行,
大家一起集氣~再爭取~

我的工作永遠得不到大眾歡心

編輯部有一位同事特別與眾不同，可是大眾讀者一般都不知道他的存在，當然他的工作很有價值，只是提了你也未必感興趣……

這位編輯也承認，無法跟大眾分享這份工作帶來的樂趣，使他感到份外孤獨。

→ 有興趣分享這份孤獨，請看下去吧 →

孤獨證

名字：Johnny

網名：我迷失在 .* 這場 _ ×° 學術遊戲

工作：學術期刊編輯

1122334567

孤

Johnny 獨當一面，一人負責本社的跨學科中國研究期刊 *The China Review* 的編輯工作。

沒錯，除了出版書籍，我們也出版學術期刊，至今已有超過 30 年的歷史了～

當傳媒的空間留給大眾（或者是廣告位……），學術期刊便是專屬學者發佈新觀點、新研究的園地。他們拋磚引玉，不斷延續及擴大不同範疇的知識。

The China Review 每年收到過百份投稿，Johnny 逐份閱讀，從中發掘有潛質的文章，再交給專業評審挑選（行內稱之為 peer review）。學術界的明日之星就這樣誕生了！

不是學術圈中人的話，基本上跟期刊就如兩條平行線，沒什麼機會交錯。

這正正道出 Johnny 的孤獨——當他覺得某些內容很有趣時，也難以邀請大眾進入學術的世界。畢竟用字相對艱澀，如果對那範疇沒有長期而深入的認識，讀者的確會讀得很苦。

你或會問，期刊有必要寫得如此乾巴巴？

身在充斥假消息、假新聞的年代，期刊更需要謹守學術界所代表的**專業**。

文章不能是譁眾取寵、無根無據的空談，因此書寫時盡可能去掉所有情緒。學者需要有組織及結構地證明其觀點，並羅列其他的可能。他可以做大膽的猜測，但需要同時說明其優、缺點，讓人無法反駁。

Johnny用八字真言概括：

四平八穩

無懈可擊

所以說，你覺得期刊悶？
這可是很重要的寫作策略！

編輯期刊的意義：
用最安好的距離觀看世界～

Johnny 因學業需要，大學時期已開始看期刊。畢業後，他曾在瞬息萬變的新聞世界工作，每天追趕着「新」聞，心裏覺得都是走馬看花；在出版社再遇期刊，他 并驚覺有看下去的需要。

期刊就如另一個時空，在這裏不用過份被現實世界推着走，但研究當代中國的 *The China Review* 又有一定的時效性，不至於跟時代脫節。讀者與那些議題保持一點點的距離，反而更能以清澈的

眼光檢視學者的進一步分析。當然書都有類似的功能，可是Johnny個人覺得編書的歷程太長了，不及期刊適時。

當一般讀者以為研究成果才是最重要，但這絕對不是期刊的唯一價值。Johnny不諱言有些結果不太創新，甚至很平庸，但可能文章提及的研究對象很有代表性、使用的研究方法很特別、數據很稀有等等。這些元素都可以啟發更多學者，讓他們踩在前人的肩膀走下去。

有興趣挑戰這本偉大的刊物嗎？

記住不要跳讀喔～

（溫馨提示：讀前飲杯咖啡醒醒神先）

出版業小心謹慎對待紙本書，不單是印刷費很貴，而且出錯的代價實在太高。這個道理，製作部同事尤其理解。他們面對印刷危機已身經百戰，堪稱是社內抗壓能力最高的部門……

#格仔係dresscode
#有時係橫間

怎麼可能不
向製作部致敬！

出版是一場漫長的接力賽，編輯部完成內容的部分後，便要交棒給製作部負責產品「包裝」。

身兼多職的製作部同事

排版

設計封面、書腰

選紙

製作電子書

跟印廠交涉

設計宣傳材料
（例如我們social media上那些靚靚圖）

etc.

他們手執付印前的定稿，隨時候命，隨機應變！
沒有他們強大的執行力，書是無法誕生的！

排版心事：我的心情與cursor一樣上上落落

標題放左、放右，還是置中？

啊……行距再拉開1pt吧，好看一點。

內文字體多大好？這樣好像太擁擠了，縮小 0.5 pt 如何？

逗號跟開引號之間分得太開，縮一點吧。

這個英文字放在中文字中間太礙眼，拉低一點好了。

每次排版，製作部同事都會經歷頻繁的內心活動。

千萬不要覺得他們想太多，這些看似微不足道的調整，足以影響讀者的閱讀體驗。**好的排版救不了差的內容，但惡劣的排版卻可以毀掉一本好書！**排得整齊只是第一步，製作部同事絞盡腦汁地思考版面，為的是建立合適的閱讀節奏，提高易讀性，「引誘」讀者不知不覺間一直讀下去～

不干擾閱讀，正是排版的原則。

排版時需要處理大量文字或圖片，做學術書更不時遇上數據圖表，無法像封面設計那樣天馬行空，但排版仍是一門牽涉創作及靈活變通的藝術。書籍裝幀大小、內容嚴肅還是輕鬆、圖文書還是文字為主的書籍等等，各種因素都會影響排版的方式。想呈現什麼感覺，如何達致易讀及美觀並重，都要經排版者調整各項細節。有時覺得還欠些什麼，更會逐個字調整。雖然付出如此龐大的功夫，但製作部同事強調不希望讀者留意他們的工作，因為好的排版就如透明般的存在！

若你看書時從沒在意過排版，就是對排版者最好的讚美啦～

處理危機哲學：

製作部同事婷婷說，水星逆行時一定要準時收工。

排版時修改內容都有出錯的風險，因此編輯部交定稿給製作部排版後都不應再修改內容。可是……始終文字工作者都擁抱完美主義，因此製作部收到修改的通知已見怪不怪，有時得知因書籍尺寸有變而要重新再排也表現得處之泰然（堅強！）

不過，「藍紙」後再改動才是真正的惡夢。
（一定是水星逆行的錯！）

因為已牽涉到印刷，再修改內容的話則要抽起相關頁數，如果遇上不幸的last minute（final再final再final再final）改動，最終付印的版本很容易出現格式錯位或換錯頁數。重大錯誤當然要重印，亦有可能要逐本書自行換頁（都是悲慘回憶……）。

印刷小字典：藍紙

書籍正式付印前，印廠印給出版社作最後檢查的樣品。檢查項目主要與印刷相關，如漏頁、錯體、不對位、釘裝等等。

　　為確保讀者拿上手的書是完美無暇，製作部在出版前都要拼命地解決不同危機。問題天天都多，遇到不順心的時候，最好謝絕OT，轉換心情（深呼吸！），今天的問題明天再全力以赴地拆解，才能避免泥足深陷，越改越錯。

　　不過，説易行難，有時OT後離開辦公室之際，仍然看見製作部同事繼續奮戰。在此弱弱為他們打氣……我就……明天再努力啦bye～

呼～

莫生氣

業務部生存法則：首先要有 to-do list ✓ 旁身

業（雜）務部的職責，以數量計應該冠絕整個出版社。

在辦公室時：

有時處理書的訂單、回應客人的疑問、包書、寄書，有時管理庫存（可惡的 excel……），或收拾我們的小書店；有時聯絡傳媒和書評人，有時和編輯討論出版價值，有時又聚在一起腦力震盪數十分鐘，思考每本書的宣傳計劃。當然，還要處理 social media、協助作者、報名參加各類型獎項和計劃……

（我放棄了，不會寫得完）

外出辦公時：

在各大閱讀活動當打雜、又會走訪大大小小的書店，向店主了解市場實況；甚至衝出香港，到海外逛書展偷師。當然少不了每年7月在香港書展與大家見面～

我們秉承「打雜都要打得專業」的理念，
除了維持出版社的正常運作之外，
還拼命構思並執行銷售和推廣計劃，
腦力和執行力缺一不可。

#excel苦主揮揮手

死線 就由我們捍衛吧！

負責賣書（＝養活同事）的業務部工作於瞬息萬變的市場，
因此字典沒有「慢活」！不是待書印好後才佛系地銷售，而
是早於編輯部構思題材時，已需要工作！

憑着對市場需求的了解，業務部一方面向編輯提議有潛質
的題材；一方面建議如何包裝書名和書腰，還有印刷版本
及數量。

- 主題吸引、名作家的作品可一同推出平裝、精裝、
  甚至簽名版；
- 冷門卻有意思的題材，則減少印數，先試試水溫～

我們靠一次又一次的 trial and error，收集更多市場資訊，
為未來更大膽的嘗試鋪路。這些工夫進行得如火如荼
的同時，也要開始籌備營銷計劃、聯
絡其他潛在的宣傳單位及書評人。

死線

夠鐘啦！
出唔切啦！

面對這個如狼似虎的商業世界，業務部迫不得已像虎爸虎媽一樣，期望本社的書能贏在起跑線上。心急如焚的他們，每日在辦公室催促各部門交功課⋯⋯

「Brian，本書進度點？」
（翻譯：份稿幾時搞掂？
再唔印就趕唔切喺書展賣啦！）

「婷婷，海報嘅字體同顏色想再eye-catching啲，你揸主意吧」
（翻譯：我哋拆唔掂，你自己諗吓啦～）

還有，看着自己密密麻麻的to-do list，都會忽然焦躁，內心碎碎唸有的沒的：

「點解手腳咁慢，email覆極都未完？」
「幾時先寫好篇新聞稿？」
「啲貨堆晒喺倉（到天花板啦！），點算好？」 （下刪三百字）

各位同事，請原諒我們的間歇性神經過敏。業務部全人何嘗不想放鬆吓？但⋯⋯

勤奮的成果

最後3本啦！

沒有難賣的書，只有懶賣的人

懶惰的下場

「書展實減價,
到時再買啦。」

「印咁多實有好多貨,
下次先買啦。」

很多人的 to-buy list 裏,書的位置都很低。大家都知道書很有用,但現實中總有很多因素使你擱置買書的念頭。

除了降低書的價格,如何令人想立刻擁有一本書,是業務部最頭痛的事。

有些書被時代選上,一夜成名,不用我們過份操心;
有些書明明是好貨色,卻成了滄海遺珠。

業務部的使命,正是要把好書都賣出去!

為了賣書而走進碎片化資訊的漩渦，

說實話，十分疲累。

不過若這樣的方式能夠令人留意書的價值

甚至把書據為己有（重點！）

我們的勞力和腦力便值得了！

#我愛工作　　#真心㗎　　#你哋呢

直觀的宣傳，當然是表達作者最想大家知道的事。可是，在這些訊息未到達讀者前時，可能已沉沒於資訊爆炸的世界中。我們深深了解，現在賣書不單跟同業競賽，還要跟所有碎片化的資訊較量，務求找到大眾關注的機會。

因此，業務部不能只從逛書店、讀書評、看暢銷書榜掌握市場需求；反而更加要了解社會焦點，上至政經趨勢、社會議題，下至城中熱話及八卦等等，再從中尋找與本社藏書可連結的地方，撰寫各種文案，借用線上線下的平台推廣出去。

寫在結尾

這本小書之所以會誕生，源於親耳聽過很多人對出版社的一些誤解。這些誤解中，有的十分正面，也有的令人感到挫敗；聽到的時候，難免會問自己，「我在做的事，真的那樣美好/不值一提嗎？」如此矛盾的心態，我想各行各業的人都曾有這樣的疑惑。

為了回應大眾，構思內容時懷着「大眾可能會這樣想」的心態出發，然後結合同事的經驗分享，最後編撰成以上一小塊一小塊的出版社片段。我們想，若真誠地（以及搞笑地）分享做書過程，用家或能更了解那件作品的價值。

用心良苦，還是希望大家能多看（我們出版的）書。做出版的人被視作「浪漫」，或許是因為大家仍懷抱微小希望，相信書本可以改變人的思想，支撐我們在再壞的世界下生存下去。

#抱歉又說得太浪漫了
#明就明

一群「誤入歧途」的人上
2022年

印刷的頁數是四的倍數，現在多了三頁空白頁……

致命的不平等：
社會不公如何威脅我們的健康

麥可・馬穆（Michael Marmot）著・洪慧芳 譯

香港粵語：
二百年滄桑探索

張洪年 著

意外的聖地：
陝甘革命的起源

周錫瑞（Joseph W. Esherick）著・石岩 譯
香港中文大學出版社編輯部 校

當然不能放棄任何賣廣告的機會！！！

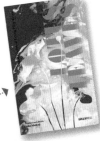

家園何處是

王賡武 著・林紋沛 譯

心安即是家

王賡武、林娉婷 著・夏沛然 譯

仲有宣傳動畫睇㗎